Le Farceur

Marie Griessinger • Lynda Corazza

Comme toutes les autres lettres de l'alphabet,
 *habite au Pays des Livres.*
Au Pays des Livres, les paysages sont des images,
le ciel, de l'encre pâle, et le vent se lève quand on tourne les pages…

Tous les matins,  le Farceur choisit les blagues qu'il va faire pendant la journée.
Il a dans son jardin une fontaine magique qui fabrique… des farces ! Elles frétillent, flottent et font des *PLOUF* à la surface de l'eau.

FARCES
FARCES
FARCES
FARCES

Aujourd'hui, c'est la fête !  est invité à jouer chez son meilleur ami,  le Bagarreur.
Il file en fredonnant, accompagné de Fortiche, sa fidèle fourmi.

effaceur

En chemin, il aperçoit la Gourmande.
Il farfouille dans son filet pour trouver
sa farce préférée : la farce effaceuse !

Armé de son effaceur, F s'approche de G juste au moment où elle engouffre une gaufre en Patafix.

Et *PFUIT* ! La gaufre est effacée !

« Hi hi hi ! Ouf ouf ouf ! Ouaf ouaf ouaf ! »

 se roule dans l'herbe en riant comme un fou !

Hi
Hi
Hi

Il aperçoit alors  l'Excité, qui arrive en faisant des bonds dans tous les sens. Un coup de bâton de colle sur le chemin de papier et *PAF*!
 fait un dernier bond avant de rester collé.

Et ce n'est pas fini ! F prépare déjà une autre farce formidable pour C la Curieuse. Direction la Forêt aux Secrets, où C est sur le point d'en capturer un. F se faufile à pas feutrés derrière elle…

Et *POUF* ! Il lui fauche son filet à secrets et le remplace par… une poêle à frire ! C est furieuse !
« Rends-moi mon filet, fripouille ! » fulmine C.
Mais F a déjà filé chez B.
Pas question d'être en retard !

Quand F arrive chez B, il frappe
à la porte, qui s'ouvre toute seule.
« B ...? C'est moi, F ! Y a quelqu'un...? »
Pas de réponse. F franchit le seuil,
pas franchement rassuré. En un instant,
toutes les lumières s'éteignent.
F se met à trembler comme une feuille.

Et c'est alors qu'il voit foncer une forme blanche…
Une forme qui ressemble fort à… « Un… fan fan…
un fan fan… un fantôôôôôôme ! » s'écrie  !
Fichtre, quelle frousse !

Affolé, il prend la fuite et fonce hors de la maison
pour se réfugier derrière Fortiche…
« Au secours ! » hurle  .
Il tombe alors nez à nez avec ses amis,
qui le voient arriver en pouffant de rire.

ouffff

Pour la première fois, c'est à  que les autres lettres ont fait une bonne blague. Félicitations, l'alphabet !
Fin.

Aujourd'hui,  a appris
que même un bon farceur n'était
pas à l'abri d'une bonne farce !

effaceur

Entraîne-toi à écrire la lettre 

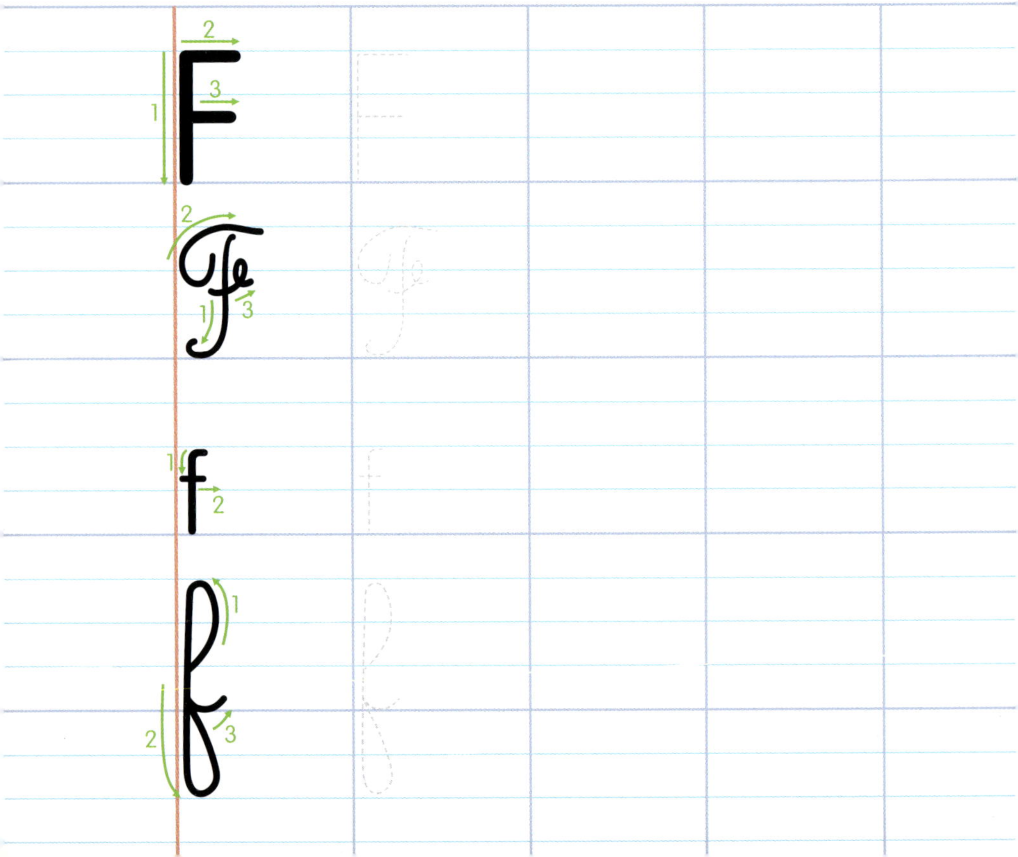

Édité par Splash ! Éditions
31 rue d'Amsterdam
75008 Paris

www.splash-editions.com

ISBN : 978-2-3682905-8-3
Dépôt légal : Juin 2014
Loi n° 49-956 du 16 juillet sur les publications destinées à la jeunesse

Réalisation graphique : Pykha
Fabrication : Labelfab
Imprimé en France par Stin imprimerie.

PEFC™ **10-31-2841** / **PEFC recyclé** / Ce produit est issu de sources recyclées et contrôlées. / pefc-france.org